내가 읽고 싶은
너라는 책

청소년시집 02

내가 읽고 싶은 너라는 책

인쇄 · 2018년 10월 17일 | 발행 · 2018년 10월 22일

지은이 · 성환희
펴낸이 · 한봉숙
펴낸곳 · 푸른사상사

주간 · 맹문재 | 편집 · 지순이, 김수란 | 마케팅 · 김두천
등록 · 1999년 7월 8일 제2-2876호
주소 · 경기도 파주시 회동길 337-16(서패동 470-6) 푸른사상사
대표전화 · 031) 955-9111(2) | 팩시밀리 · 031) 955-9114
이메일 · prun21c@hanmail.net
홈페이지 · http://www.prun21c.com

ISBN 979-11-308-1375-2   43810

값 11,000원

이 도서는 한국출판문화산업진흥원 2018년 우수출판콘텐츠 제작 지원 사업 선정작입니다.

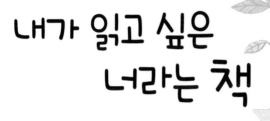

내가 읽고 싶은
너라는 책

성환희 시집

푸른사상
PRUNSASANG

좀 특별한 아이 한 명이 제 안에 있는 것 같습니다. 이 책은 그 아이의 일상에서 드러나는 생각과 절망과 꿈에 대한 독백이며 일기들입니다. 그 아이는 어쩌면 우리 자신일 수도 있습니다. 그 아이의 말을 귀 기울여 들어 보세요. 그리고 자기 자신을 한 번 들여다보세요.

가 보지 못한 길, 가고 싶은 길을 가는 동안 우리는 정말 많이 힘들 수도 있습니다. 그러나 포기하지 않고 쉬엄쉬엄 가다 보면 언젠가는 우리들이 원하는 그곳이 가까워지고 있다는 걸 알게 될 것입니다. 좀 서툴고 두서없는 이 독백이 우리 모두의 삶에 위안이 되고 힘이 되기를 바랍니다.

그러면 이제 우리 안에 있는 특별한 한 아이를 만나러 떠나볼까요?

2018년 가을 어느 멋진 날

성 환 희

제2부

제3부

제4부

제1부

시간들

가라 할 때는 안 가고
가지 마라 가지 마라 하는데
잘도 간다

춤추며 노래하며
행복하게 해 줘도
못 들은 척한다

뒤 한 번 돌아보지 않고
슝, 난다

새벽에

모기가 내 얼굴을 더듬었다
모기를 탁 쳤다

모기는 도망쳤고 내 뺨이 아팠다

모기를 쫓아내는 일은
내가 먼저 아파야 하는 일이었다

난 너무 가벼워

광풍이 오셨어

궁금했을지도 모르지
뿌리 없는 것들의 몸무게가

어떤 것은 너무 가벼워
달싹 입김만 쐬고도 먼지처럼 날았어
바람은 신이 나서 자꾸 입김을 불었어

찰나였어
뚱뚱한 내 몸이
휘청, 했어

내 안에서
막 터져 나온 말 한 마리
빛의 속도로 날아올랐지
ㅡ거 봐, 난 너무 가벼워!

꽃

가장 먼저 피었다고
너만이 꽃이라고
아무도 그렇게 말하지 않는다

너무 늦게 피었다고
너는 꽃이 아니라고
누구도 그렇게 생각하지 않는다

우리는 서로
꽃 피는 날이 다를 뿐,

너는 꽃이다 나도 꽃이다
단 한순간도 포기하지 않고
나 너를 기다리고 너 나를 기다리는
우리는, 꽃이다

내 말 좀 들어 봐

그러지 마
널 좋아하는 그 아이 내가 유일해

어딜 보니

나
지금 여기
네 곁에 있는데

내 맘대로 할 거다

엄마는 나에게
네가 하고 싶은 일 하면서
행복하면 된다고 했다

지난 추석 차례 지내고
고구마 밭에 갔는데
맨발로 흙을 밟을 때
흙냄새와 부드러운 느낌이 참 좋았다

흙을 밟으며 살면 행복할 것 같다고
나는 엄마한테 말했다

아빠는 "안 돼."라고 소리쳤다
너는 공부 많이 해서
편하게 살면서 돈도 많이 버는
그런 직업에 종사해야 된다고 했다

내 꿈인데 내 맘대로 할 거다

못 말리는 아들이 될 거다

나중에 아빠를 깜짝 놀라게 해야지!

쑥

봄길 걷는 나에게
쑥
얼굴 내민 너

쪼그리고 앉아
눈 맞추니
훅, 안긴다

갈대 덤불 속에서
가만히 키워 온
네 꿈의 향기

저녁 무렵

높은 하늘 먹구름 속 떼까마귀

일백, 일천, 일만 마리
일제히 산 너머로 날아간다

산 너머를 보려고
나는 발뒤꿈치를
자꾸 자꾸 들어 올린다

쯧쯧

신불산 가는 길
강아지를 배낭에 넣어 온
사람을 만났다

한 할아버지가
곁을 지나가면서 혀를 찼다

ㅡ저거 부모를 업고 가라면
가겠나?

강아지 엄마
얼굴이 빨개졌다

아줌마

버스를 기다리는 동안

어디 가세요?
첫인사 나누더니
아주 친한 친구처럼
이야기가 길어집니다

목소리 커집니다
웃음소리 커집니다

눈치코치 없습니다
무서운 거 없습니다

우리 집에도 이런 아줌마
한 사람 삽니다

사춘기 1

예고도 없이
우울 씨가 방문했다
어둠 바이러스에 감염된 나
내 안에서 세상의 모든 시간이 멈췄다

봄에게 개근상을!

올해도 어김없이
봄이 왔고 꽃 피웠다

−예 있다!

나는 꽃보다 예쁜 나를
봄에게 선물했다

가족

우리의 다른 이름
소 말 닭 돼지

우리는
한 울타리 안에서
먹고 쉬고 잔다

통하지 않는 서로의 말을
잘 읽어 내려고 애쓰며

마지막 한 사람이
문을 열고 들어올 때까지

잠들지 못하는
특성이 같다

할머니의 기도

내 생일 음식
꼭 조상님 먼저 드린다

돌아가신 할아버지
할아버지의 할아버지께
두 손 모으고 빈다

―우리 장손 건강하게 자라고
공부 잘하고 성공하게 도와주시소……

이번 시험 성적 평균 93점
할머니의 기도 덕분이라고
우리 엄마 말씀하신다

달

할머니 집 감나무 위에
둥근달 하나

아들 딸 기다리는
할머니 마음이다

새벽이 올 때까지
골목길 비추고 있다

고단한 몸 서서히
빛바래 가는 줄도 모르고

제2부

기다림

우편함을 들락거리는 내 손
며칠째 빈손

그 아이 나에게
편지하겠다 약속한 것도 아닌데

그냥 손이 간다
자꾸 손이 간다

말 좀 해

네가 물이라 한다면
그래 난 물이야
네가 불이라 한다면
그래 난 불이야

네가 생각하는 나
그게 나야
네 맘속에 있는 나
그게 나야

너 나를 뭐라고 부를래?

일요일

밤새도록 밤길 걸어
내 방 창가에 도착한 아침

환한 얼굴로
나를 깨운다

열 번쯤
뒹굴뒹굴
또, 한 열 번쯤
뒹굴뒹굴

나는 뒹굴뒹굴 일어난다

아침은 일요일도 없다

우울한 날의 일기

사랑을 사랑한다고
당근을 싫어한다고 하면
왜 안 돼?

대책 없는 정직성 때문에
배신당하고 상처 입는 일이 종종 있다
그럼에도 나는 번번이 정직할 수밖에 없고
상처 또한 내 곁에 머무는 시간이 많다

그럼에도 나는
내가 정직하지 않을 수 없다는 것을 안다

그러면 이제 절망밖에 길이 없는가?
아니다 굳세게 견디어야 한다
때가 되면 상처는 낫는 법

내가

내가 아닌 그 무엇이 될 수 없는 한

나는 나답게 살아야 한다

정직하게, 배반의 상처에도 굳세게 버티며

내가 공부 못하는 이유

ㅡ니는 공부만 해라
내 뭔 짓을 해서라도 학비는
대줄 끼다

아무리 생각해도 가난한 우리 집
돈 나올 구석 하나 없는 거 뻔히 아는데
엄마는 언제나 큰소리다

땡빚을 내서라도 자식 공부시키는 게
최고의 투자라 믿으신다

근데
공부 잘해서 좋은 대학 갔던
잘난 사람들은 뭐꼬?

만날 거짓말하고 싸움박질하는 거
나도 다 안다

합법적으로 속이고 합법적으로 울리는 거

나도 다 본다

나는 내가 똑똑한 사람 되는 거 참 별로다

밤비

창밖은 연주회 중이다

뚜두두두뚜두두두……

관객이 된 어둠이
밤새도록
빗소리 듣고 있다

비를 좋아하는
그 아이 생각이 난다

내 귀도
밤을 꼴딱 새고 있다

말에 대한 정의

불이다

시뻘건 날개가 있다

타오르면 무섭다

그날 내 안에서 일어난 불
날개를 폈다

날았다 날았다 날아갔다

어딘가에서
울면서 나무들이 쓰러지는 소리
카톡새를 타고 돌아왔다
놀라서 몇 번이나 까무러쳤다 깨어났다

아……
살아 있는 나를 만질 수 있다는 거
참 다행이다

가 보면 안다

안개뿐이었다

가까이 다가가니
안개가 문을 열어 주었다

길이 자꾸 나타났다

안개의 품속에는 길이 있다는 걸
걸으면서 알게 되었다

내 마음의 숲

나무가 산다
꽃이 산다
짐승이 산다

문이 없는 문으로
햇살이 다녀가고
먹구름이 다녀가고
……

너는
아직 오지 않는다

빨리 오렴

답이 오다

밥을 먹으면서
책을 읽으면서
뒹굴며 걸으며

나는 오직 네 생각뿐이었다

너를 기다리면서
울었고 또한 웃었다

내가 깃털처럼 가벼워졌을 때
네가 꽃눈처럼 밖으로 나왔다

멈추지 않으면 온다
오고야 만다 마치 너처럼

바다 읽기

깊고 푸른 경전이 거기 있다

파도가 책장을 넘긴다

무슨 맛일까?

바다가 궁금한 우리는
자주 간절곶에 간다

카톡카톡

네가
문을 두드릴 때

콩당콩당

설렘이 먼저
문을 연다

아름다운 왜가리

강 가장자리에 서서
먼 데를 바라본다 왜가리

강줄기 따라
저만치 걸어갔다 왔는데도
여전히 그 자리 서 있다

누굴
기다리는지……

한 가지 생각에
사로잡힌 표정이다

왜가리 옆 갈대들도
숨죽인 채 서 있다

저렇게 오랫동안 집중해 본 적이
나는 없다

신불산 정상에서

정상엔 아무 것도 없었다
또 다른 정상이
우뚝우뚝 보일 뿐

나는
앞만 보고 여기까지 왔다

어린 소나무
소풍 가는 개미
등 뒤에서 손짓하는 사람에게

귀 기울여 듣고
키 낮추어 들여다보고
눈 맞추며 인사라도 할 걸!

— 어딨니?
— 사랑해!

야호 대신 내뱉은 말

천천히 나에게로 돌아오고 있다

이거, 뭘까?

우린
방금 헤어졌는데

잘 가! 라고
인사까지 했는데

처음이었다

뒤
돌아보았다

너도 그랬다

제3부

지렁이

일광욕을 즐기려고
제 집을 떠나온 지렁이

꿈~틀~
꿈~틀~

온몸으로 말한다

꿈꾸는 일도
때로는
목숨 거는 일이라는 걸

사춘기 2

바다는

넘실넘실
나에게 달려와요

나는
뒷걸음으로 달아나요

다가올수록
밀어내고 싶은 내 마음

바다는
포기하지 않아요
멈추지도 않아요

엄마를 닮았어요

너는 나를 사랑한다

네가 자꾸 놀러온다

-기말 시험 끝나고 보자니까!

네가 나를 사랑하는 것을 사랑하지만
때때로 너의 사랑이 부담스러울 때가 있다

스마트폰

네가
나를 소유하고 있는지
내가
너를 소유하고 있는지
잘 모르겠다

네가 없으면 이제
안 될 것 같다

엄마는

네가 원하고 즐거워하는
그 꿈을 실행하고자 할 때
선택의 폭으로 작용하는 것

그것이 인생의 전부는 아니지만
학생의 전부일 수는 있다

알았제? 알아서 해라 그러니까

수박씨

수박 먹을 때
나는 씨도 먹는다

수박씨, 내 몸속에서
싹 틔우고 줄기 키우고
수박 되어 둥글둥글 열리지 않을까

생각하는 일은 즐겁다

정말로 있을 수 없는 일이
기적처럼 일어날지도 모른다고
상상하면서 걱정하면서
수박씨를 먹는다

이건
내가 실행한 첫 번째 모험이다

사춘기 3

참말일까?

참말일까?

……

사춘기 4

쾅쾅 닫고 꼭꼭 잠근다

혼자다!

아무도 없어서 안심이 된다

뭐든 할 수 있다

뭐라도 될 수 있다

인생

석이 아빠 돌아가셨다
사람들 까마귀처럼 몰려와
깍깍 운다

울면서 세상에 왔는데
울음소리 배웅 받으며 석이 아빠 가신다

주먹 쥐고 왔다 활짝 펴고 간다
아니다
울음소리 끌고 왔다 울음소리 끌고 간다

집

집이 살아 있는 건
사람이 살아 있기 때문

사람 온기가 집을 살린다

할머니 돌아가시고
혼자 집 지키던 시골집
서서히 허물어졌다

온기가 없는 집은
더 이상 집이 아니다

장미꽃 축제 유감

전야제 하는 날
어김없이 폭죽이 등장했다

펑펑
크게 울면서 꽃은
자꾸자꾸 피었다

꽃들을 바라보며
사람들이 피었다

꽃밭에서 장미들도
하늘에 피는 꽃을 구경했다

—장미는 좋을까요?

—글쎄……
저 꽃 한 송이면
몇 사람쯤 살릴 수도 있다는데!

나와 엄마의 걱정도 피었다

밤과 낮

−우리는
늘
이별하는 사이군요?

−그리고
늘
만나는 사이죠!

씨앗 만들기

머지않아 꽃이 될
소중한 너

비와 바람에게서
너를 지켜낼 거다

나
온몸의
문이란 문 다 닫았다

네가 내 품 안에서 여물고 있다

돼지감자

산에서 내려온 멧돼지가 파 먹고

5리 밖에 사는 이웃이 와서 파 먹고

30리 밖 도시에 사는 우리 식구가 파 먹고

그래도 남은 건 땅속에 보관하면

돼지는 사랑을 시작하지요

돼지는 사랑을 낳고 사랑은 사랑을 낳고 사랑은 사랑을 낳고…… 사랑은 주렁주렁 태어나 토실토실 자라서 또 사랑을 낳고…… 골짜기 밭에는 사랑만 살게 되겠죠 돼지들은 이제 사랑만 먹고 살겠죠 어쩔 수 없이 우리도 사랑만 먹고 살아야겠죠

선풍기

너는
바람일 때
가장 너다워!

네가 없다면
나는 아무런 생각 없이
살았을 거야
나는 아마 나에게
이런 질문도 던질 줄
몰랐을 거야

나는 무엇일 때
가장 나다울까?

제4부

그거 알아?

내가 꽃피는 것은
너의 기쁨을 위해서야
너의 행복을 위해서야
너를 웃게 하기 위해서야

나는 다른 이유를 몰라

어느 날 불쑥

알지 못했어
배가 멈추었을 때도
배가 기울었을 때도
배가 점점 더 깊이 가라앉고
물이 가득 목젖을 적실 때까지도
믿지 않았어
너는 밖에 있는데
너는 아직 오지 않았는데
너는 돌아오고 있었으므로

나는 아직 준비가 안 되었어
나는 아직 떠날 채비를 못 했어

나는 숨이 멎을 때까지도
믿었고
나는 죽어서도 죽지 못한 채
너를 기다렸어

어디 있었니? 넌

나를 찾아 온 건 네가 아니라
낯선 손님이었어

어느 날 갑자기 불쑥
나는 손이 잡혔어

기다릴게 천천히 오렴

모르는 척

교실 앞 화단에
목련나무 몇 그루 때문이었다

2교시 끝나고 쉬는 시간
10분이 너무 길다는 걸
모두가 잊었다

화단에 놀러 온 햇살이
도란도란 우리들의 이야기가
봄빛에 이끌려 선생님이

3교시를 까먹었다

한 겹 한 겹
나무에서 하얀 웃음을 끄집어내던
목련꽃 때문이란 걸
누구라도 알고 있었으나

아무 일도 일어나지 않았다
모르는 척
하루가 지나갔다

난 내가 아니야

나를 만든 건

미소의 미소
긍정의 긍정
용기의 용기
......

내 안에 있는
너무 많은 너

난 내가 아니야
너이기도 해 난

비빔밥

고사리 도라지 콩나물 무 푸른 나물 계란에
고추장 참기름이 만나 섞이고 스며서

자기들 이름 버리고 새 이름 내걸었다

오묘한 맛 잊을 수 없는 맛 그리운 맛이 되었다

나도 너에게
비빔밥이 되고 싶다

너에게 나는

자꾸만 들여다보고 싶은 호기심이었니
한 번쯤 만져 보고 싶은 따뜻함이었니

무엇이었니? 나는 너에게

그리운 책

내가 읽고 싶은 건

단 하나

너, 라는 책

너라서

사랑해!

왜냐고 묻지 마
그건 정말 바보 같은 질문이야

어떤 누구도 아닌 너라서 그렇다

황새

태화강변에서 만난 너
참 오랫동안 골똘히
한 방향만 바라보고 있었어

나를 보자마자
푸드득 날개를 펼치더니
저쪽으로 날아가 버렸어

기껏 기다려 놓고! 바보처럼

나도 모르게 내가

어느 날 복도에서 쌤을 만났는데

너, 여친 생겼구나!
딱 단정하시는 거야

아닌데요
하는 거짓말이
입안에서 우물쭈물 하는 동안

그 바람머리
멋있다야!
그러면서 쌤이 웃으시는 거야

이런! 바람이 언제 머리카락에 올라앉은 거야
나도 모르게 내가 티 내고 다닌 거였어?

살고 싶다

새를 보면 함께 날고 싶고
물을 보면 함께 흐르고 싶고
구름을 보면 함께 걷고 싶어

가 보지 못한 길이
궁금하고 궁금하고 궁금해서
만나는 모든 세상이
신기하고 신기하고 신기해서
나는 마냥 살고 싶어

내 꿈의 목록엔 죽음 같은 건 없어

넘어지기도 하겠지 일어나면 돼
아픈 일도 있겠지 치료하면 돼
절망이 찾아온다면 웃으면 돼
슬픔이 오면 엉엉 울지 뭐

내가 살고 싶은 이유는

가 보지 못한 세상을 걷고 싶기 때문이야

내 꿈의 목록엔

나를 사랑하는

햇살보다 많은 빛나는 것들

부들

부들이
부들부들
한 곳으로 걸어와
서로 폭 끌어안고 어깨를 토닥인다

여럿이 함께
습지의 풍경이 되고 있다

사랑

너는
내 마음에 들어와
주인처럼 산다

내 안에는 내가 없고
너만 있다

슬펐던 일

산길을 걷고 있었어
내 앞에 비둘기 한 마리
걸음이 빨라지데
뱃속에 새끼라도 품었는지 너무 되똥거려
내가 말했지
괜찮아 괜찮아 나 무서운 사람 아냐
그런데 말이지
그 비둘기 내 말은 믿으려 하지도 않고
푸드덕 날아올랐어
놀란 숲이 일제히 나를 바라보았어
정말 울고 싶었어

폭설

네가 와서 좋고
내 맘에
너무 많이 쌓인 너 때문에
힘이 든다

자발적 폐쇄와 공동체적 사유의 지향

서안나

1. 금기와 청소년이라는 슬픔

2000년대부터 활발하게 창작되고 있는 청소년 문학은, 청소년을 교육과 계몽의 대상으로 상정했던 기존의 문제점을 극복하여 발전 가능성을 보여 주고 있다. 특히, 2010년 이후 청소년 문학은 청소년 주체의 자율성 존중에 집중하여, 청소년 집단이 경험하는 현실을 보다 입체적으로 담아내려는 경향이 강하다. 이는 "청소년을 훈육과 통제의 집단적 대상으로 보기보다 하나의 개별적인 존재로 보고자 하는 청소년 담론의 긍정적 변화의 산물"[1]이라 할 수 있다. 즉 청소년 집단이 처한 다양한 현실을 수용하고 청소년들의 욕구와 꿈 그리고 도전 의식을 조명한다

---

[1] 오세란, 「청소년 소설의 장르 용어 고찰」, 『한국 아동청소년 문학 장르론』, 청동거울, 2013 참조.

는 점에서 의의를 지닌다.

권유성은 "최근 발표된 청소년 시집에서 시인의 목소리는 시에서 시적 화자의 분열로 드러나고 있다고 강조한다. 작품 내부에서 시인 자신이 청소년 화자에게 요구하는 의지나 바람이 또 다른 화자로 분열되어 공존한다는 점이다. 이때 청소년 화자의 목소리를 '대변'하는 시인의 계몽적 의도나 의지가 청소년 문학이 지니는 한계점이라 말하고 있다. 이와 같이 작품 내부에서 화자의 분열로 드러나는 '대변'은, 시인 자신의 청소년기 삶을 현재의 시점에서 회상하고 있는 시에서 주로 드러난다. '대변'이라는 특징은 2010년 이후 출간된 청소년 시의 특징이며, 다양한 화자의 등장이 곧 청소년의 경험을 시에 폭넓게 수용할 수 있는 점도 아울러 지닌다"[2]고 강조하고 있다.

이와 같이 최근 청소년 시에서 눈에 띄는 경향은, 청소년을 자율적인 주체로 인식하여 청소년 화자의 발화를 중심에 두는 고급한 시적 장치를 선보이고 있다. 성환희 청소년 시집 『내가 읽고 싶은 나라는 책』에서도 시인의 의지가 담긴 "대변"의 약화를 볼 수 있다. 작품 내에서 "대변"의 약화는 곧 창작자의 각성과 더불어 작품의 계몽성 약화라는 청소년 문학의 가능성을 확보하고 있다. 작품 「사춘기」 연작의 청소년 화자들의 경우, 세계와 손 쉽게 화해하기보다 '자발적 폐쇄'라는 자신만의 신념과 소신의 목소리가 나타나고 있다. '자발적 폐쇄'라는 시적 장치와

---

2 권유성, 「청소년 시의 장르적 특성 연구─시적 화자 문제를 중심으로」, 『어문론총』 71호, 170쪽 참고.

전략은 청소년 화자의 내면 탐색과 성찰을 거쳐 공동체적 사유의 지향이라는 청소년 화자의 세계관을 표방하고 있다.

성환희 시인의 청소년 시집을 읽다 보면, 우리는 스스로에게 질문을 던지게 된다. 청소년답다는 것은 무엇인가? 청소년은 소년인가 청년인가? '미성숙'이란 프레임에 갇힌 청소년은 성장 담론 서사에서 벗어날 수 없는 존재인가? '청소년'과 '미성숙'이란 용어 자체가 태생적으로 비극성을 내재하고 있지는 않은가? '청소년'과 '미성숙'이란 단어에는 성숙을 촉구하는 폭력적인 목소리가 전제되고 있는 것은 아닌가?

청소년 문학이 지닌 문제점에는 기본적으로 청소년 용어의 개념 합의의 부재도 한몫하고 있음을 알 수 있다. 오세란의 경우, 소년과 청년에 모두 속하는 특징을 지닌 청소년을 "청년과 소년을 아울러 이르는 말"이라고 정의하고 있다. 또한, "청소년 문학은 청소년의 경험을, 청소년의 관점에서, 청소년이 이해할 수 있는 형식으로, 청소년 독자를 상정하고 창작된 작품"이라고 말하고 있다. 즉, 청소년 문학의 핵심은 청소년이 주체가 되고 그들의 관점에서 공감대를 형성하고 이를 그들의 목소리로 발화한다는 점에서 의의를 지니고 있음을 알 수 있다.

성환희의 『내가 읽고 싶은 너라는 책』은 이러한 청소년 문학이 지닌 한계와 가능성을 여실히 고민하고 있는 시집이라 할 수 있다. 총 4부의 구성과 60여 편의 시편에서, 청소년의 고민과 사랑 그리고 좌충우돌하는 청소년 화자의 목소리를 담아내고 있다.

2. 자발적 폐쇄와 내파

엄마는 나에게
네가 하고 싶은 일 하면서
행복하면 된다고 했다

지난 추석 차례 지내고
고구마 밭에 갔는데
맨발로 흙을 밟을 때
흙냄새와 부드러운 느낌이 참 좋았다

흙을 밟으며 살면 행복할 것 같다고
나는 엄마한테 말했다

아빠는 "안 돼."라고 소리쳤다
너는 공부 많이 해서
편하게 살면서 돈도 많이 버는
그런 직업에 종사해야 된다고 했다

내 꿈인데 내 맘대로 할 거다
못 말리는 아들이 될 거다
나중에 아빠를 깜짝 놀라게 해야지!
— 「내 맘대로 할 거다」 전문

시에서 "나"는 엄마와 아빠와 함께 미래의 직업에 관하여 이
야기하고 있다. 부모는 "나"에게 "공부 많이 해서/편하게 살면서
돈도 많이 버는/그런 직업에 종사해야 된다고" 말하고 있다. 하

지만 "나"의 꿈과 부모의 직업관이 불일치하고 있다. 그 이유는 내가 "지난 추석 차례 지내고/고구마 밭에 갔는데/맨발로 흙을 밟을 때/흙냄새와 부드러운 느낌이 참 좋았"기 때문이다. 흙이 지닌 냄새와 감촉을 통해 새롭게 발견한 자연에서 나는 흙과 함께 공존하는 삶을 이상적인 방식으로 삼고 있다. 다행히 엄마가 나의 꿈을 이해해 주고 용기를 주는 반면, 아빠의 경우는 완고하다. 아버지가 원하는 나의 미래와 내가 희망하는 직업은 확연히 다른 모습이기 때문이다. 시의 청소년 화자는 가족 구성원 간의 갈등에도 불구하고, "내 맘대로 할 거다"라며 자신의 소신을 강한 의지로 표출하고 있다.

　　-니는 공부만 해라
　　내 뭔 짓을 해서라도 학비는
　　대줄 끼다

　　아무리 생각해도 가난한 우리 집
　　돈 나올 구석 하나 없는 거 뻔히 아는데
　　엄마는 언제나 큰소리다

　　땡빚을 내서라도 자식 공부시키는 게
　　최고의 투자라 믿으신다

　　근데
　　공부 잘해서 좋은 대학 갔던
　　잘난 사람들은 뭐꼬?

만날 거짓말하고 싸움박질하는 거
나도 다 안다
합법적으로 속이고 합법적으로 울리는 거
나도 다 본다

나는 내가 똑똑한 사람 되는 거 참 별로다
       —「내가 공부 못하는 이유」 전문

「내가 공부 못하는 이유」는 유머러스하면서도, 현실 풍자와 비판 의식을 담고 있는 작품이다. 나는 유머러스하게 "내가 공부 못하는 이유"를 집안의 열악한 경제 상황과 타락한 현실에서 찾고 있다. 덧붙여 "잘난 사람"이 부정부패를 일삼고 소외된 이들에게 오히려 권력의 힘으로 압력을 가하는 불합리한 현실까지 비판하고 있다. 그로 인해 나는 "니는 공부만 해라/내 뭔 짓을 해서라도 학비는/대줄 끼다"라거나, "땡빚을 내서라도 자식 공부시키는 게/최고의 투자라 믿으신다"는 부모의 믿음에 결코 동의할 수 없다. 나는 경제적 안정과 사회적 신분 상승보다, "하고 싶은 일 하면서/행복"("내 맘대로 할 거다)하게 살고 싶다는 굳은 신념을 다시 한 번 스스로 확인하고 있다. 이처럼 부모와 나와의 갈등과 불합리한 현실과의 대면에서 경험하는 고민은 "사춘기" 연작을 통해 더욱 선명하게 드러나고 있다.

예고도 없이
우울 씨가 방문했다
어둠 바이러스에 감염된 나

내 안에서 세상의 모든 시간이 멈췄다

―「사춘기 1」 전문

　부모와 나의 꿈이 어긋나고, 꿈의 실현이 요원할 때 현실은 불안하고 두려운 공간이 된다. 이 불안하고 두려운 나의 내면 풍경은 "사춘기"를 통해 형상화하고 있다. 청소년들이 겪는 사춘기는 "예고도 없이/우울 씨가 방문"하거나, "어둠 바이러스에 감염"되어 "내 안에서 세상의 모든 시간이 멈추"(「사춘기 1」)는 것과 같은 암울한 시기이다. 우울하고 암흑처럼 어두우며 시간이 정지한 그곳은 상상만으로도 고통스러운 곳임이 분명하다. 막막하고 두려운 내면 심경에 대한 진술을 통해 청소년들이 겪는 "사춘기"가 그들에게 얼마나 절박한 상황인지를 알 수 있다. 하지만 청소년 화자는 이에 좌절하는 내면 성찰의 태도를 보이고 있다.

바다는

넘실넘실
나에게 달려와요

나는
뒷걸음으로 달아나요

다가올수록
밀어내고 싶은 내 마음

바다는
포기하지 않아요
멈추지도 않아요

엄마를 닮았어요
—「사춘기 2」 전문

"넘실넘실" 달려오는 "바다는" 나를 향해 위협적으로 돌진하고 있다. 나는 "뒷걸음"질 쳐 보지만, "엄마"처럼 "바다는" 끈질기게 "포기하지"도, "멈추지"도 않고 있다. 이때, 엄마로 등치된 "바다"는 나를 억압하는 대상이며, 더 나아가 치열한 생존경쟁의 현실을 수용하고 경쟁에서 살아남기를 강요하는 이를 각인시키는 기성세대의 목소리이며 민낯이라 할 수 있다.

안개뿐이었다

가까이 다가가니
안개가 문을 열어 주었다

길이 자꾸 나타났다

안개의 품속에는 길이 있다는 걸
걸으면서 알게 되었다
—「가 보면 안다」 전문

「가 보면 안다」에서 등장하는 "안개"는 앞의 「사춘기」 연작의

"사춘기"와 유사한 속성을 지닌다. "사춘기"가 나에게 통증의 지속되는 공간("사춘기 1」)이라면, "안개"는 이를 극복하려는 청소년 화자의 의지를 부각하는 배경으로 기능한다. "안개"가 내가 걸어가야 할 미래의 길을 차단하지만, 나는 안개 속에서도 "안개가 문을 열어 주는 시간을" 내면 성찰을 통해 극복하면서 이를 통과하고 있다. 자발적 폐쇄, 즉 내면으로의 침잠과 성찰은 길 찾기의 험난한 여정을 끝까지 완료하는 힘으로 작동하고 있다. "나"는 "걸으면서" 깨닫고 있는 중이다. "안개의 품속에는 길이 있다는" 진리를. 자기 삶의 주인이 되기 위하여, "걷는다"라는 행동으로 현실의 제약을 극복하는 주체적인 삶의 태도를 보여 주고 있다.

강 가장자리에 서서
먼 데를 바라본다 왜가리

강줄기 따라
저만치 걸어갔다 왔는데도
여전히 그 자리 서 있다

누굴
기다리는지……

한 가지 생각에
사로잡힌 표정이다

왜가리 옆 갈대들도

숨죽인 채 서 있다

저렇게 오랫동안 집중해 본 적이
나는 없다

　　　　　　　　　　　— 「아름다운 왜가리」 전문

쾅쾅 닫고 꼭꼭 잠근다

혼자다!

아무도 없어서 안심이 된다

뭐든 할 수 있다

뭐라도 될 수 있다

　　　　　　　　　　　— 「사춘기 4」 전문

머지않아 꽃이 될
소중한 너

비와 바람에게서
너를 지켜낼 거다

나
온몸의
문이란 문 다 닫았다

네가 내 품 안에서 여물고 있다

　　　　　　　　　　　— 「씨앗 만들기」 전문

꿈~틀~
꿈~틀~

온몸으로 말한다

꿈꾸는 일도
때로는
목숨 거는 일이라는 걸

　　　　　　　　　—「지렁이」 부분

　나는 "왜가리의 모습"을 유심히 지켜보고 있다. 한곳을 바라
보며 "집중"하는 왜가리의 시선에서 "한 가지 생각에/사로잡힌
표정"의 아름다움을 읽고 있다. 왜가리를 통해 얻은 경험은, 내
가 내면으로 집중하는 동기로 작용한다. 「사춘기 2」에서 "나"가
세계로 나가는 방식은 특히 주목을 요한다. 나는 우울하고 어
둠만이 가득한 사춘기를 탈주하는 방식을 세계와의 단절에서
찾고 있기 때문이다. 열림과 수용보다 세계와의 단절인 폐쇄는
곧 왜가리처럼 자신의 목소리에 온전하게 집중하고 귀 기울임
에서 비롯한다. 이때 나의 자발적 자기 폐쇄는 "소중한 꿈이 씨
앗을 내 안에 품고 있기 때문"이며(「씨앗 만들기」), "꿈꾸는 행위
는 곧 목숨을 거는 일"(「지렁이」)이기 때문이다. 따라서 내면 집
중과 성찰은 나의 꿈을 견고하게 하기 위한 성찰을 의미한다.
　「사춘기 1」에서 사춘기의 암울함과 고민과 방황을 그렸다면,
연작 「사춘기 2」, 「사춘기 3」, 「사춘기 4」와 위 인용 작품에서는
이를 극복하려는 성장시의 일면을 보여 주고 있다. 그리고 특
징적인 것은 내면 성찰과 사유의 심화 방식이 세계를 향한 열

림이 아닌, 폐쇄를 통한 내면 집중이라 할 수 있다. 이처럼 성환희 청소년 시집의 특징 중의 하나는 청소년 화자가 새로운 세계로 이행하려는 선택 방식을 성찰을 통해 미래로 도약한다는 시적 장치에 있다. 카프카가 글쓰기를 "내 안의 얼어붙은 바다를 깨는 도끼"라고 일갈했듯이. 이는 곧 청소년 화자의 주체적 목소리가 작품 전면에 나서면서 시인의 "대변"이 약화하여 계몽성이 거세되는 효과를 낳고 있음을 알 수 있다.

3. 사랑과 공동체적 사유의 지향

> 네가 물이라 한다면
> 그래 난 물이야
> 네가 불이라 한다면
> 그래 난 불이야
>
> 네가 생각하는 나
> 그게 나야
> 네 맘속에 있는 나
> 그게 나야
>
> 너 나를 뭐라고 부를래?
>
> —「말 좀 해」 전문

높은 하늘 먹구름 속 떼까마귀

일백, 일천, 일만 마리
일제히 산 너머로 날아간다

산 너머를 보려고
나는 발뒤꿈치를
자꾸 자꾸 들어 올린다

—「저녁 무렵」 전문

　나의 용기와 결단은 「말 좀 해」에서 더욱 강렬하게 구체화하
고 있다. 이 작품은 불특정한 "너"라는 청자를 지언하고, 그를
향해 질문하는 진술 방식을 택하고 있다. 나는 네가 원하는 어
떤 것이라도 될 수 있다는 청소년 화자가 지닌 꿈의 가능성을
내비치고 있는 작품이라 할 수 있다. 나는 팽창 가능한 존재이
며, 어떤 형태로도 존재 변형이 가능한, 규정될 수 없는 존재임
을 표방하고 있다. 그러기 위해서는 "너"의 믿음이 전제되어야
한다는 목소리가 작품의 배경을 이루고 있다.
　나는 "산 너머를 보려고" "발뒤꿈치를/자꾸 자꾸 들어 올"(「저
녁 무렵」)리는 가능성의 존재이며, "올해도 어김없이" "꽃 피"(「봄
에게 개근상을!」)는 무한한 생성의 존재라 강조하고 있다. 이와
같이 성환희 청소년 시집에서 발화 주체인 청소년 화자가 자신
을 확장하고 꿈을 이루기 위해서는 나를 응원해주고 신뢰하는
"너"의 "사랑"이 필요하다고 말하고 있다. 또한 "사랑"은 내가 받
기만 하는 것이 아니라, 내 안에 너를 들이는 일이기도 하다. 타
자의 수용은 "사랑"을 통해 이루어지기에, 나와 타자를 연결해
주는 매개체이며 공동체를 꿈꾸는 원동력이라 할 수 있다.

내가 읽고 싶은 건

단 하나

너, 라는 책

—「그리운 책」 전문

너는
내 마음에 들어와
주인처럼 산다

내 안에는 내가 없고
너만 있다

—「사랑」 전문

네가 와서 좋고
내 맘에
너무 많이 쌓인 너 때문에
힘이 든다

—「폭설」 전문

「그리운 책」 역시 "사랑"을 시적 소재로 삼고 있다. 책이라는 대상으로 은유화한 너에게, 늘 내가 읽고 싶어 하는 책이라고 고백하고 있다. 책은 손에 들고 다닐 수 있기에, 나는 늘 너와 함께하려는 공존 의지를 표방하고 있다. 그 때문에 너와 나의 "사랑"은 나와 너의 경계를 지워 타자와 주체가 합일하는 행위이다.

하지만 사랑이 기쁨만을 향유할 수는 없는 법. 「폭설」에서처

럼 내가 너를 사랑하는 행위는 "너무 많이 쌓인 너 때문에" 고통
이 수반되기도 한다. 내가 타자와 합일하기 위해서는 나의 확
장이 전제되어야 하고, 나의 확장은 곧 균열의 고통을 감내해
야 한다. 이와 같은 균열의 고통을 통해 나는 비로소 내 안에 너
를 들일 수 있으며 나의 확장이 가능해진다. 성환희 시집에서
"사랑"은 나와 너의 경계의 소멸을 지워 타자를 주체화하는 시
적 지향점이며, "사랑"은 곧 공동체적 사유를 지향하는 출발점
이 되고 있다.

> 부들이
> 부들부들
> 한 곳으로 걸어와
> 서로 폭 끌어안고 어깨를 토닥인다
>
> 여럿이 함께
> 습지의 풍경이 되고 있다
>
> ─「부들」 전문

> 고사리 도라지 콩나물 무 푸른 나물 계란에
> 고추장 참기름이 만나 섞이고 스며서
>
> 자기들 이름 버리고 새 이름 내걸었다
>
> 오묘한 맛 잊을 수 없는 맛 그리운 맛이 되었다
>
> 나도 너에게
> 비빔밥이 되고 싶다
>
> ─「비빔밥」 전문

「부들」에서 "부들"은 의인화하여 "한 곳으로 걸어와/서로 폭 끌어안고 어깨를 토닥"이고 있다. 관계를 중시하여 "여럿이 함께" 습지의 풍경이 되는 "부들"의 행위는, 익숙한 호수의 풍경을 공동체로의 합일 과정으로 전환시키고 있다. "부들"이 서로 끌어안고 어깨를 토닥이는 행위는 소외되고 불안한 현대인의 내면 심리를 강조하고 이를 극복하려는 태도라 할 수 있다. 「폭설」에서 너를 내 안에 들이는 행위 역시, 호숫가의 부들처럼 "부들부들" 떨리는 두려움과 고통이 뒤따른다. 하지만 나는 이에 좌절하지 않고 타자와의 소통에 집중하고 있다.

더 나아가 나의 시선은 자연 사물에만 한정하지 않고, 일상의 삶(「비빔밥」)에서도 소통의 의지를 시도하고 있다. 「비빔밥」에서는 "나와 너" 그리고 "우리"가 하나가 되어 새로운 생성적인 존재로 탄생하는 사유의 전복을 피력하고 있다. 비빔밥의 재료인 각종 채소와 음식 재료가 "만나 섞이고 스며서/자기들 이름 버리고 새 이름 내"거는 새로운 조합은 주체와 타자의 자리바꿈이자 "오묘한 맛 잊을 수 없는 맛 그리운 맛"으로 확장하는 새로운 존재의 탄생이라 할 수 있기 때문이다.

우리의 다른 이름
소 말 닭 돼지

우리는
한 울타리 안에서
먹고 쉬고 잔다

통하지 않는 서로의 말을
잘 읽어 내려고 애쓰며

마지막 한 사람이
문을 열고 들어올 때까지

잠들지 못하는
특성이 같다

　　　　　　　　　　　—「가족」 전문

집이 살아 있는 건
사람이 살아 있기 때문

사람 온기가 집을 살린다

할머니 돌아가시고
혼자 집 지키던 시골집
서서히 허물어졌다

온기가 없는 집은
더 이상 집이 아니다

　　　　　　　　　　　—「집」 전문

　사춘기를 겪고 있는 나와 가족은 "한 울타리 안에서/먹고 쉬
고 잔다". 하지만 "통하지 않는 서로의 말을/잘 읽어내려고 애
쓰"며 소통에 어려움을 겪고 있는 상황이다. 성공만을 최고의
가치로 삼는 부모님과 나는 어쩌면 서로 다른 언어를 구사하는

존재인지도 모를 일이다. 하지만 내가 자연에서 배운 내면 집중과 성찰은 "집"이라는 공간 인식 변화를 이끌어 내고 있다. 또한, 가족 구성원에 관한 관심 역시 이전과는 달리 소통을 시도하려는 태도를 보여 주고 있다. 가족 구성원과의 화해의 시도는 "할머니가 혼자 지키"며 사시던 "시골집"이, 할머니의 죽음으로 "허물어"지는 정황을 목도하면서이다.

비로소 집이 가족 공동체가 함께 모여 생활하는 공간이며, 사람의 온기가 집을 일으키는 기둥과 같은 소중함 것임을 인식하고 있다. 나에게 할머니의 죽음은 가족의 소중함을 발견하는 계기가 되어, 다른 언어를 구사하며 소통이 불가했던 가족들에게 먼저 다가가게 하고 있다. 하지만 「부들」에서도 알 수 있듯, 가족 구성원 사이의 소통 시도와 신뢰 회복은 쉽지 않다. 하지만 "마지막 한 사람이/문을 열고 들어올 때까지/잠들지 못하는/특성이 같다"라는 고백적 진술에서 나의 소통하려는 의지를 확인할 수 있다.

> 깊고 푸른 경전이 거기 있다
>
> 파도가 책장을 넘긴다
>
> 무슨 맛일까?
>
> 바다가 궁금한 우리는
> 자주 간절곶에 간다
>
> — 「바다 읽기」 전문

청소년들에게 미래란 곧 바다 읽기와도 같다. 내가 건너가야 할 어둠의 목록이 만만치 않지만, 그럼에도 내가 자주 "간절곶"에 가는 이유는 바다는 무궁무진하게 넓게 펼쳐진 꿈의 통로이기 때문이다. 나와 더불어 "우리"가 함께 있기에 새로운 세계를 향하는 도전 역시 두렵지 않다. 평생 늙지 않는 소년의 도전과 그 푸르름이 아름답고 소중하기 때문이다.

이와 같이 성환희 시인의 시편들은 청소년을 교화의 대상이나 미성숙한 존재가 아닌 자율적 주체로 인식하고 이를 조명한다는 점에서 청소년 문학의 가능성을 열고 있다. 청소년의 주체적 목소리에 방점을 찍고, 청소년 시의 한계를 뛰어넘어 청소년 시집의 가능성에 도전하고 있다.

『내가 읽고 싶은 너라는 책』은 청소년 화자가 '자발적 폐쇄'를 선택하고, 이에 수반하는 고통의 내면화를 통해 공동체 의식을 지향하고 있다. 이 일련의 과정에서 청소년 화자의 발화를 통해 세계와 화해하고 타자와의 공감 의지를 확장해 나가는 청소년의 자율적 의지를 보여 주는 의미 있는 시집이라 할 수 있다.

徐安那 | 시인 · 문학평론가